KB237106

구름의 이동속도

고운기
시집

문예
중앙
시선
022

구름의 이동속도

고운기
시집

문예
중앙

단속사 터에서 고개 넘어 가면 산청읍에 닿는다. 지리산 아래 이 소읍은 이름만큼이나 참 깔끔했다.

단속사(斷俗寺), 속세와 절연한다는 단호한 이름.

절터에서 나와 고개를 넘다 작은 카페에 들렀다. 저수지가 눈앞에 펼쳐지고, 펜션이 붙어 있는 집이었다.

구름그늘—.

문득 가방에 넣어온 이번 시집의 교정지가 생각났다.

구름의 이동속도—.

사실 세 번째 시집에 실렸던 시의 제목인데, 궁리 끝에 이번 시집으로 빌려왔다.

내 이름의 '운(雲)'은 구름이다. 웬만해선 이름에 넣지 않는 글자이지만, 아버지는 무슨 생각으로 이것을 쓰셨을까. 더러 내게 출가자냐고 물어오는 이도 있다. 구름의 이동속도, 그러니 이 제목은 나의 이동속도를 말하는 것이기도 하다. 등단 30년에 다섯 번째 시집, 참 천천히 움지였다.

구름그늘에 앉아 구름은 자신을 위해 맥주 한 병 시켰다.

2012년 가을

차례

4

I

동방견문록

돈과 힘을 가진 자들이 금을 좋아하지 않았더라면
부(富)의 분배는 이뤄지지 않았으리

케이남 바닷가에서 사금(砂金) 캐는 사람아

이 누렇고 빛나는 덩어리는 돈과 힘 있는 자들에게 줘
버리고
  잽싸게 쌀과 옷감으로 바꿔오자

뙤약볕에 온몸이 그을린들 우리야 무슨 상관이랴

튼튼한 계집에게서 자식을 얻고
그기든 미을의 전설을 밤새 읊어준 뿐이다.

여수

1

떠나려니 비가 온다
여수에서는
여기 언젠가 와본 듯한
그럴 리 없는 세월 속으로
비가 내린다

2

크고 희고 힘이 셌던 여수서국민학교 아이들
벌교남국민학교 야구부는 상대가 안 됐었다

3

장어탕에 넣는 숙주는
비릿했다
그래서 갯내가 덜 나게 하는지
연안부두 터미널
거문도 배가 육지 바람 머금는다

4
사슴의 눈 같은
여수(麗水).

칠성시장 무실댁

안동 사는 무실댁 칠성시장 배추 팔러 나와
떨이 털어내면 찾아가는 곳
시장 모퉁이 네온 번쩍이는 칠성카바레에서
구두 끝 반짝이는 남자 하나 만났는데
이 남자 아무리 손님이라 해도
마른 배추 같은 무실댁 보니 한숨 나왔겠지
아지매 올 몇 살인교?
손끝 잡고 한 바퀴 돌리면서 물었더니
오~십 하고도……
황홀한 무실댁 정신 놓고 돌며 대답하는데
남자 그사이 줄행랑 놨다나
한 바퀴 돌아 제자리 서니 남자는 없고
구두 끝 반짝이던 그 남자 너무 아쉬워
무실댁 칠성카바레 플로어 구석구석 돌며
아잰교?
아잰교? ……
남자마다 붙들고 물었다는데
색소폰 소리 높아가고 반짝등만 심없이 돌아갔다는데.

담벼락

구겨진 담뱃갑
오자(誤字)가 나서
구겨진 담벼락

내 선배 김용범 시인이 박목월 선생에게 추천받아 등
단하던 때, 시라면 원고지에 써서 잡지사에 넘기던 때,
오자가 도리어 최대의 표현을 얻어주기도 하던 때

구겨진 담벼락

나무 그늘이 구겨지고
지나던 바람이 구겨지고
원고지가 구겨지고
한 생애가 구겨지고.

정희성과 정호승

두 사람 다 시인으로 이름이 널리 알려져서
아니, 더러는 좀 설익기도 해서
정희성을 정호승으로 알고
정호승을 정희성으로 부르는 일도 생긴다

비슷한 이름이라 그렇다 해도

정희성을 정희승이라거나
정호승을 정호성이라거나
신나게 헷갈린다

그러니까 세상에는
정희성과 정호승이 살고
정희승과 정호성이 떠돌아다닌다

진짜와 유령의 공존

그러다 아예

정희성의 이름에 정호승의 약력이 붙고
정희성 시의 제목에 정호승의 시가 붙고
정희성의 1연에 정호승의 2연이 붙는다

거기서 더 기막힌 시가 나온다면?

드디어 유령은 시인으로 데뷔하여
어느덧 유령 시인이 한몫하는 세상을 만들 것이다

나는 어젯밤 정희성 시인과 오랫동안 이런 이야기 나
눴는데
그는 정말 정희성이었을까
혹 정희승 아니 정호성은 아니었을까.

나이

강의실의 두 풍경이 목덜미를 붙잡는다

수업시간에 젊은 것들은 여기저기
간밤에 뭘 했는지 졸거나
옛날 빨간 책처럼 노트북으로 무선 인터넷을 보거나
그렇게 선생의 속을 뒤집어놓는다

고얀 것들……

지역의 도서관이나 박물관에서 특강이라 부를 때가
있다
더러 나보다 연배가 위인 참석자들
초롱초롱한 눈으로 뚫어지게 쳐다보면서
서늘한 농담이나 따라 웃는다

아름다운 분들……

나는 고얀 것들에 분노하고 아름다운 분들에 감읍한다

수업이 끝나고
골탕 한번 먹어봐라 고얀 것들한테 질문하는데
언제 들었는지 잘도 대답한다
아름다운 분들은
언제 그런 말씀 하셨느냐는 얼굴

그래, 참 잘났다……, 나이.

곤을 노래함

1
스무 해 비가
온 천하 사람 덮을 지경에 이르러
요 임금은 곤(鯀)을 불렀다

곤은
불을 훔쳐온 프로메테우스처럼

한 줌만 던져도 산처럼 커지는 하늘님의 식양(息壤)
으로

황하(黃河) 긴 강을 따라 막고 쌓았다

2
외로워라, 곤이여
끝내 물길은 잡지 못하고
우산(羽山)에서 죽었다네

3
나는 들었다

곤의 아들 우(禹)가 죽은 아비의 배를 가르고 태어나
물길은 터야 하는 법이라
쌓고 막는 게 아니라 트고 나서야
물은 흘러 충충히 내려갔다고

삼문협(三門峽) 골짜기를 스치는 바람마저 소슬하리니

곤이여, 그대의 우직함이
아늘의 시혜를 얼었다면
숙음이라노 날게 받아 서운지 잃았으리.

좌파 숨기 좋겠다

좋은 나무건 그렇지 못한 거건
산에 나무 많이도 심었다

중부내륙고속국도
문경새재 넘을 일 없더라, 굴을 뚫어
오장육부로 내시경 디밀듯 지나오는데
여름 산이 나무의 키만큼 더 자라 보인다

산에 나무 많이도 심었다
나무하러 산에 가는 사람도 없다

벌교 사람 우리 어머니 달리는 차창 밖으로 울울창창
산의 숲만 보면 이렇게 말한다

"좌파 숨기 좋겠다."

말의 목

심심한 옛날이야기 한자리 들어보실려우

천하의 청백리 황희 정승에게 호주(好酒) 호색(好色)의
아들이 있었다나요
하루는 건케 취해 비틀거리며 들어오는 아들을 보고
정승이 큰절을 했다네
아버님 이게 웬일이십니까
아버님이라니, 나는 당신 같은 아들 둔 적 없고
웬 손님이 오시기에 예를 갖췄을 뿐이라오

뒤통수 맞은 아들
그래서 정신 차리고 마음 나잡기로 했다는데

버릇이야 어디 갈라고
처음엔 마다했으나 친구 따라 할 수 없이 한두 잔 한
그날
또 술이 지나치고 말았겠다
취중에도 집에는 가야 한다 싶어 말리는 친구 뿌리치

고 말을 탔는데
　잠시 꿈을 꾼다는 게 그냥 꼬박 잠이 들어
　깨어보니 아침이요 옆에는 아리따운 아가씨

　이게 웬일이냐
　웬일이라니요, 간밤에 함뿍 취해 오셨기에 겨우 재워
드렸구먼
　정신 차려 헤아리자니 제 뜻 아니라 말이 한 짓
　주인네가 늘 가는 길로 말은 발걸음을 옮겼을 뿐인데
　그곳이야 의당 단골 기생집이었겠다

　화가 치민 아들 마구간 달려가서 말의 목을 쳐버렸다
는 이야기

　여기까지 듣다 보니
　어라, 이건 김유신과 천관녀 이야기 아닌가
　생각하실 분 많으시겠으나
　옛날 연변 살았던 이야기꾼 황구연 씨는 분명 황희 정

승 아들이라 하는데

나는 적이 생각하니 불쌍한 건 그저 말뿐이라
김유신이면 어떻고 황희 정승 아들이면 어떨까
제 놈들이 술을 먹건 말건
2차로 기생집에 가건 말건
군말 없이 따른 말이야 무슨 죄가 있다고

다들 자기는 김유신이나 황희 정승 아들이라 알고 사는
실은 말의 목 같은 처지로 사는 우리.

코피

여자가 오줌을 누되
꼭 이렇게 싸란답니다

마을 뒷산에 올라가
한번 퍼지르면 온 동네가 잠길 정도

물론 이것은 꿈속의 이야기입니다

고려 태조 왕건의 증조할머니는 진의인데
언니가 꾼, 온 동네 잠기는 오줌 꿈을 샀다는군요

여기까지 듣다 보니
어라, 이건 김유신 동생 보희와 문희 이야기 아닌가
생각하실 분 많으시겠으나
그것은 삼국유사에 실렸고 이것은 고려사에 나오는데

꿈 판 다음 날
귀한 손님 맞으라는 아버지 말씀에

언니는 문지방을 넘다 발이 걸려 넘어져 코피가 주루룩
애야 재수 없다 동생 들여보내라
이 대목이 아주 다르지요

역사상 가장 운 나쁜 여자
언니는 하필 거기서 넘어지고
하필 코가 깨져 피를 흘렸단 말입니까

크건 작건 제 것이어서 제 복 담긴 꿈이라면 팔지 마
시라고
또 한번 심심한 옛날이야기.

내 후배 경동이

송경동의 새 시집 날개에 '전남 벌교 출생'이라 써 있다
흠칫 눈가가 떨려오는 갯가 마을
벌교는 내가 태어난 곳이기도 하다

밀물의 역사를 우리는 유전자처럼 심고 산다

우리는 소화다리 밑의 총질을 보진 못했다
율어에서 다니던 같은 반 동무가 있었을 뿐이다
소화가 살았다는 회정리 복사꽃 피는 언덕으로
봄이면 소풍을 가거나, 못 마시는 막걸리에 다리가 풀
린 엄마를 찾아 나섰을 뿐이다

유전자는 눈에 보이지 않는 법
그가 튀어나오는 때와 장소를 우리는 모른다

어느 날부터 나는 내 후배 경동이를 배경 삼아 사는데
적어도 그는 갯가 마을 유전자가 나보다 몇 배 세기
때문이다

저 바다 물결에 밀리고
저 바람에 선동당하고
비천한 이들의 말 속에 소속되어
저 강물에 지도받는 그가 부럽고 고맙다

그런 경동이도 모르는 게 하나 있다
시집 날개에 '전남 벌교'라고 써서는 안 된다
공식적인 출신지 표기는 시·군을 써야 한다
그러니 우리는 벌교가 아니라 '전남 보성 출생'이다

가방 끈 긴 선배가 일러주는 한 수를 내 후배 경동이
는 날름 알아들을 것이다.

해거름 팔 부 능선

이종사촌 형님 유창섭 씨는 나무꾼 청년이던 때
행상 가는 우리 엄마 짐 져다주는 지게꾼이기도 하였다

깔끄막 너머 먼 마을에 이모를 두고 돌아와
다시 깔끄막 넘어 마중 나가는
시간은 패랭산 해거름이 알려주었다, 팔 부 능선쯤 오
를 때

유창섭 씨는 시계가 없었으므로
나무 하다가 자꾸만 패랭산 해거름을 재보곤 했다

나뭇짐 무거워
빈손으로 돌아오는 이모가 반가웠다고 한다
나뭇짐에 짐 보따리까지 들어야 해서
발걸음이 무거울 때도 있었다 한다

해거름 팔 부 능선이 어둠만 남겨놓은 산길에
호랑이까진 아니나

형형한 눈빛의 살쾡이든, 제 길인 양 나타나 앞을 가
로막는
여우든 더러 비슷한 세월이든

그런 산길에는
돌부리 살피라고 달이 찾아와 아심찬허게 놀아주었다
지만.

입김
―어느 날의 일기에서

―2000년 1월 7일. 추운 기숙사에서 혼자 지내기가 쉽지 않다. 도쿄는 서울보다 따뜻해 영하로 내려가는 일도 없지만, 우리처럼 온돌이 되어 있지 않아서, 전기 난로와 온풍기를 아무리 돌려도 서늘한 느낌을 몰아낼 수 없다. 더욱이 혼자라는 것이 추위와 가세한다.

오래전 그 겨울, 식구들이 왔었다.
집사람과 큰아이 그리고 막 돌이 된 둘째 아이.
백일도 지나지 않은 둘째를 떼어놓고 나는 떠나와 있었다.

아이는 낯선 사람처럼 나를 본다.

숙소여서 비좁지만, 집사람은 작은아이를 데리고 침대에서, 나는 큰아이를 데리고 바닥에 이불을 깔고 잤었다. 그래도 좋았다.
식구들과 함께 있어서 뿜어지는 이 경이로운 온기.

>

　굳게 쳐놓은 커튼을 여니, 창문에는 입김이 하얗게 서려 있었다.

金鍾漢

비 오는 날에는 빗속에서
바람 부는 날에는 바람 속에서

김종한은 일본대학 전문부 예술과에 다니고, 사토 하
루오를 스승으로 모시고, 시 하나로 세상을 제압할 수
있다던 문학청년이었다. 일본어로 일본 사람보다 더 좋
은 시를 쓰겠다고 호언했다. 말년엔 《국민문학》의 최재
서 밑에서 일하기도 했다.

해방 직전, 고향 가는 기차 안에서 급성폐렴으로 쓰러
져, 경성여자의학전문학교 부속병원으로 옮겼으나 끝
내 숨을 거두었다.

최정희에게 보내는 원고청탁서에
이제는 신사로 대접해주시오 메모를 남기고
꽤나 여자에게는 신사가 아니었던지
마지막 병상에서 간호부를 강제로 범하고 갔다는 말
도 있다

＞
　바람 부는 날은 바람을
　비 오는 날은 비를

　일본프롤레타리아문학대계에는 조선 출신 시인으로
유일하게
　그의 시 「유년」과 「합창에 대하여」가 실려 있다.

미야코

미야코(宮古) 시는 도호쿠(東北) 지방의 해변 마을이
다. 태평양이 바로 펼쳐져 있었다. 조그마한 항구를 벗
어나면, '정토(淨土)의 해변'이라는 해상 국립공원이 기
다렸다.

마이크로버스가 시에 들어섰을 때 날은 이미 어두워
오고 있었다.
센다이(仙台)에서 모리오카(盛岡)까지 신칸센(新幹
線)으로, 그리고 역 앞에서 시가 보내준 버스로 갈아탔
었다. 교육위원회 로고가 새겨진 버스는 여러 시간 흔
들려 바다가 보이기까지 오래오래 고개를 넘었다.

밤의 마츠리
전국노래자랑 같은 마을 잔치
무대에서는 탈을 쓴 어린아이가 어른에게 배운 춤을
추고, 마루에서는 따끈한 술이 돌고, 낯선 이의 잔을 부
딪쳐주고, 안부를 묻다가 박수 치고
신을 즐겁게 해야 사람의 땅이 평안하다고 믿는

고향 떠나 멀리 나간 사람까지 돌아와, 해변을 거느린 정토에서 불어오는 바람을 맞았다.

미야코의 밤이었다.
어떤 인연인지, 이 작은 해변 마을은 오래도록 마음에 담겼었다.

진도 9로 격발된 태평양 바닷물이 아수라처럼 마을을 덮쳤다 한다.

클라리넷 연주자의 근황

암 같은 큰 병에 걸려 헤매는 사경(死境)

부처를 본 사람은 머리를 깎고
예수를 본 사람은 신학교로 간다

설마 돈이 보여 장사하겠다고 나선 사람은 없겠지…….

방과 후 청소 마치고 내려가던 고등학교 때 음악실 계
단에서 듣던,
　창 너머
텅 빈 교정 중앙 화단에 샐비어가 붉디붉은데
고요를 흔들며 퍼져나가던,
그래서 샐비어 꽃술을 간질이던 클라리넷 소리

나의 옛 클라리넷 연주자는
꽃술이 움직이듯 내 마음의 고요를 흔들어놓고
이제는 클라리넷을 놓았다 한다.

사경을 헤매고 그가 본 것은
그의 마음 깊은 저곳이었던가

나의 샐비어만 나와 함께 여름이 길다.

雪國에서

어스름 저녁 무렵, 유자와(湯澤) 역에 내린 시마무라는 택시를 불렀었다.

나는 택시 잡을 생각도 못하고 쏟아지는 눈만 바라본다. 어떤 차가 택시인지, 승용차마다 지붕이 온통 눈으로 쌓여 알아볼 수 없다.

역 앞 우동 집에서 새 나오는 불빛이 다정스럽다.

가로등은 눈에 가려 흐린 빛마저 빼앗기고, 눈에 막힌 핑계로 잠시 걸음을 멈춰, 우동 한 그릇 말아달라 한다.

우동 국물의 김에 서린 내 안경이 뽀얘졌다.

안경을 벗어 알 하나에 한 글자씩 설(雪) 국(國)이라 쓴다.

눈을 못 이긴 나뭇가지가 찢어져

쩍, 쩍 그렇게 소리 내는 골짜기가 마을을 감싸고 있다 한다.

여관의 온천탕에 들어 언 몸 녹인다. 통유리로 멀리 마을의 불빛이 내려다보이고, 하늘 가득 마을 향해 눈이 내린다.

아침이면 흰 눈 덮어 쓴 산들이 인사하러 올 것이다.

여자 K

을지로의 밤
골뱅이 안주를 모르던 때
맥주 회사가 직영하는 생맥주 집을 모르던 때
흥남 철수 LST 타고 피난 온 사람이 만든 냉면을 모르
던 때

을지로의 밤
늦은 지하철을 기다리며
청소년회관 방향 3번 출구 쪽엔
말 탄 장수가 밤새 홀로 호령하고 있지만
이 지하철도 없던 때

회관 강낭에서 보았던 연극 한 편이 생각나는 거라
유진 오닐이었을까 아서 밀러였을까

연말이었고
늦은 밤이었고
눈이 내렸고

그냥 가만 함께 걷던 여고 2학년 K

을지로였고…….

여자 A

독재자의 죽음과 함께 시험도 망치고
80년 봄에 들어간 대학은 재앙이었으니

죽음과 시험과 재앙이 무슨 상관이람

기묘한 정치적 파랑(波浪)으로 이해해주시압!

학생 시위 현장에 나타나지 않는 날더러
넌 문학도잖아,
문학도가 부조리한 현실 앞에 의분하지 않아도 돼?
최루딘 매운 냄새 날리며 눈 부라리던 동기생

그래, 난 그때 역사를 등지고
민족을 버리고
친구마저 배신한 채

점심시간이면 그이가 다니던 회사 앞에 기다리다 순

두부 얻어먹고

제발 북한군이 쳐들어오지 않기만 빌었다.

여자 P

허당(虛堂) 선생이 공성(空聲)이라며 보내준 책 속에
그이의 흔적 또한 얼핏했다

서른 해 가까운 저편의 학창(學窓)

선생의 연구실로 한 학기 부지런히 발품 팔았었다
학생은 타교생 나를 포함해 달랑 세 명
그이는 말수가 적었고 키는 훌쩍 컸으며
갸름한 얼굴이었다

나의 마음을 나에게도 들키지 않았다고 확신한다
없는 저시에 공부하면서 한눈팔아시야 쓰냐고 디잡았다

그때껏 18년째 학창생활에서
가장 행복한 한 학기였음만
그런 학기가 이후 다시 오지 않았음만.

여자 Y

아주 드물게 나로선 뻥까지 쳐가며
희망찬 미래를 말하는데
그게 바로 고생이야, 그래서 반대하는 거라고
야박한 어미를 가졌던 이

마지막 만나던 날, 시골 형님 집으로 도망가자 했더니
이제사 왜 그런 얘길 하냐 울고
그럼 너한테 아무 책임 없어
그러다 귀싸대기 한 대 얻어맞고.

여자 J

가까운 여학교의 학생들 웃음소리가 간간이 들려왔다
웃는 소리는 데시벨이 높다

꼭 한번 한 끼 밥 차려주고 싶어 불렀다던 정갈한 점
심 식탁

카키빛 레인코트가 그리웠을 것이다
비 오는 날 밤 우산 속 담소가 그리웠을 것이다
월계동 언덕바지 작은 방에서 받던 전화가 그리웠을
것이다

조용하게 흐르던 뚝섬유원지 강물이
잔디를 만지고 가던
바람이 그리웠을 것이다

수줍게 숟갈을 드니
어느새 눈치 없는 웃음소리만 찾아와 쳐다보고 있었다.

다시 여자 J

장수에서 임실로 넘어가는 고갯길에서 만난 비는 안
개를 앞세우고 왔다. 소식이 있기는 있는 거였다.

암에 걸려 투병하는 동안
그는 동네 야트막한 산에서 운동을 했다.

성한 나보다 먼저 걸었는데
몇 년은 버틸 것 같았는데
몇 달도 못 넘기고 눈을 감았다.

안개 자욱한 남쪽 마을 고갯길에서
어찌 그이 생각이 나나.

고개 넘어 비 개면
괭이꽃 눈동자가 기다리고 있을 것 같은데
꽃 잡고 길을 물어
물에 비치는 항구 찾아 잘 쉬고 있나.•

• 백년설이 부른 〈대지의 항구〉에서.

다시 여자 Y

— 수서(水西)

흘러온 물이 길을 멈추는 곳, 수서

비가 내린다
빗방울이
우리가 어떻게 여기까지 흘러와 살게 되었는지
모른다 한다

옛날에 이 길로 먹이 하러 나가던 때는
승용차 창문 열고 네가 날려 보낸 냄새 잡으러
나는 오랫동안 깜박이를 켠 채 서 있곤 했다
신호등이 켜졌으나 변속기에 손대지 못하고
열린 차창으로 손짓하면 지나가는
세월이 만져졌다

우리가 어떻게 여기까지 흘러와 살게 되었는지
흘러온 물이 길을 멈추는 곳, 수서.

다시 여자 P
— 허당 선생 답신

…………

그러나 굳이 쓰기로 한 것은, 고 교수가 편지에 고백한 30년 전의 사연 때문입니다. P라는 사람이 누구일지 대강 짐작이 가고, 내 짐작이 맞는다면 그는 참 정직한 사람이었고, 고 교수가 그 인연을 길게 가져가지 않은 것은 참으로 잘한 일이었다는 말을 해주고 싶어서입니다.

사람은 누구나 편견 속에서 살아가는 존재이고, 연애는 그 극치에 이르는 현상이기도 하지만, 그것이 잘한 결심임을 입증하는 구체적인 생각을 여기 적는 것은 불필요할 것입니다. 그러나 단언합니다. 아마 그 인연이 좀 더 구체화되었다면, 필시 그 사람은 고 교수의 그 오랜 고난을 함께 견딜 수가 없었을 것이 분명합니다. 굳이 새옹의 말을 가져오지 않더라도 불행이 곧 행복인 경우는 얼마든지 있습니다. 믿으시겠지요?

…………

다시 여자 A

차분한 글재주를 무척 아껴준
겨울 잠바를 두 번이나 사준
반대하는 결혼에 맞서 의연히 싸운
부산 광복동 극장 거리 한 모퉁이
비엔나커피를 함께 마신
단칸 신혼 셋방으로 군대 간다고 찾아간
그때마다 언제나 예뻤던

스무 해에 몇 년이 더 지나고
가난하지만 나의 눈에 여전히 예쁜

여기는 난데없이 강릉 바다 파도치는 횟집에서 밥 한
끼 겨우 대접해드린 누이.

다시 여자 K

저물 무렵
중환자실로 엄마가 오고 언니가 오고 동생이 오고
이모와 이모부가 오고

약속하지 않았는데도 모인 식구들을 한번 둘러보더니
조용히 눈을 감았단다

통증이 심한 쪽 암이었다는데
발견되고 석 달, 병원에 누운 지 한 달
소리 한번 치지 않고 도란도란 옛 이야기 나누다
엄마 손 잡고 잠들곤 했단다

제 아버지가 죽었을 때 그 나이
남자 하나 옆에 두지 않고
쉰한 살의 여자가 갔다

……집에서 치른 그이 아버지의 장례식
나는 사흘 동안 보일러의 연탄 가는 일을 맡았었다

한겨울 사흘 동안
단 한 번 탄불 꺼트리지 않았었다

한 생애 이 일 맡아 했어도 좋았을 것을

아버지 장례 마친 그날도 그냥 조용히 웃고
말 한마디 없더니……

나는 희미한 미소만 기억할 뿐 오래 헤어졌다 겨우 만
나는 영안실 사진 속의 여자 K.

3

달빛 아랜 허허바다

밤이 되니 바람이 잔다
낮 동안
어지간히 봄을 실어 날랐나 보다

달빛 아랜 허허바다 파도만 치고

옆집 삽살개도 자니
우리 집 강아지도 자야 한단다

있는 듯 없는 듯 고요하던 우리 할머니는 어디로 가셨
을까

목련
빗방울 맺힌 꽃잎만
씨방 감추고 촉촉하다.

• 남인수가 부른 〈울며 헤진 부산항〉에서

그렇게도 그리운 정[•]

바람 때문만은 아니다
파도가 저리 거세게 치는 것은
바람 하나에 일어났을 리 없다

해변의 굴 속에
관음보살이 산다 해도
해변의 바위 위에
사라진 남자가 신발을 남겼다 해도

나는 관음도 안 만나고
따라오라는 신호에 꿈쩍도 안 할란다

파도가 오는 까닭을 알기 전에는

바람 부는 해변을 떠나지 않을란다
지울 수 없는 내 속의 이야기에
좀 속상해하기도 하면서.

• 배호가 부른 〈파도〉에서.

가는 봄 오는 봄•

송홧가루 날아
창 넘어 내 책상에 앉았다

틀림없이 내게 연애 걸러 온 걸 게다

바람은 친구
수분(受粉)을 도왔다 하니

나는 한 그루 소나무 되리
네 마음을 받아

또 한 번 오는 봄
솔잎 가득 피워놓으리.

• 백설희가 부른 〈가는 봄 오는 봄〉에서.

안개가 사라지듯 인생도 잠시라고[•]

가난한 목숨으로 태어나
평안하게 한세상 살고 싶었다

그래선 평안하지도 잘 살지도 못한다

게걸스럽게
두껍게
게걸스럽다면 새끼는 키운다
두껍다면 손은 내밀지 않는다

점잖은 척 한발 빼보라
같잖을 뿐이었다

안개는 온다
문득 사라지러 온다.

• 끌로드 제롬의 〈L'orphelin〉을 오세은이 개사하여 부른 〈고아〉에서.

진주라 천 리 길을[*]

남강은 흘러
흘러 어디로 가는 줄 아나

플랫폼의 입맞춤이 무얼 뜻하는 줄 아나

땅속에서 대륙판끼리 크게 부딪히면
지구의 자전축 흔들려 하루가 천만 분의 십 몇 초 줄
어든다는데
그렇게 시간을 바꾸어놓는
우리가 부딪혀 우리들 운명의 시계가 바뀌었나
능히 바뀌어 후회 않겠나

넌 바다
바다 건너 먼 곳

플랫폼엔 지금도 시간을 맞춘 열차가 조용히 떠나나.

---

[*] 이규남이 부른 〈진주라 천 리 길〉에서.

비에 젖어 슬픔에 젖어*

1

대학 시절, 향로봉에서 군대 생활했다던 은사는, 군 복무 마치고 막 복학한 남학생에게 어김없이 노래를 시 켰다. 군대에서 애창한 한 자락. 순간 군대라는, 그들의 한없는 시간과 역경의 파노라마 속으로 함께 들어가게 된다. 시련의 세월을 거친 자만이 낼 수 있는 깊이의 목 소리. "비에 젖어 슬픔에 젖어 쓰라린 가슴에……." 이 름조차 기억나지 않지만, 허스키였던 선배 한 사람이 내던 군대 생활 삼 년의 목소리.

2
유학하여 두 해를 채워가던 어느 날 밤
도쿄타워의 불빛이 꺼질 무렵이었다

접시를 닦는 이자까야 창밖으로 비가 내리고

흑룡강성 출신의 조선족 그 여자
중학교 선생 하다 유학 왔다는데

해가 두 번 바뀌도록 고향 한번 갔다 오지 않았다
목적은 유학이 아니라 돈벌이였을 것이다
같은 중학교에서 교편 잡는다는 남편과
막 젖 뗀 딸 아이 하나 두고 왔단다

나와는 꼭 반대였다

흑룡강성까지는 여기서 얼마나 될까
서울까지는 얼마나 될까

　—내일 학교 가거든 노무라 선생한테 말씀 좀 잘해주
시라요. 내년이면 삼 년인데, 우리 고향에선 삼 년은 채
워 돌아와야 손해 안 본나 하드래요…….

새물이 들 때마다[*]

그리운 만큼의 시간을
나는 사랑한다

떠난 사람도 돌아간 사람도 있다

그들이 생각나는 저물 무렵
골목을 돌아 모퉁이의 담쟁이 넝쿨이 벽에 붙은 계단
과 함께 올라가는
오랜 찻집에 홀로 앉아 있다가

비슷한 나이를 살아온
전혀 다른 하늘 아래였건만
마치 한세상 함께 엮은 것처럼 여겨지는 어떤 사람에게
나는 천연덕스럽게 지난날을 털어놓겠다

밀물은 얼마나 많이
들어오고 나갔던가

>

　그래도 또 무슨 그리움을 만들어줄 것처럼 이 저녁 새
물이 들고 있다.

• 이숙희가 부른 〈부산 블루우스〉에서.

얼마큼 나 더 살아야˙

옛 시절, 휴대폰이 나오기 전
법대 건물 앞으로 아무 연락도 없이 찾아갔던 친구와는
신림동 어느 생맥주 집에서 대취(大醉)

도서관 꼭대기 층 대학원생 열람실
아무 연락도 없이 찾아왔던 여자와는
놀랍고 반가워 생애를 같이하자고 작심(作心)

술이 깨니 세상은 하얗고
결코 내 뜻 아니었건만 작심은 삼 일이었네

내가 찾아갔으나 만나지 못한 친구와
나를 찾아왔으나 내가 자리를 비운 사이
쓸쓸히 돌아간 여자는 지금 어떻게 살고 있을까.

˙ 김수희가 부른 〈애모〉에서.

돌담길 돌아서며*

고속도로를 버리고 대관령 옛길로 넘는다든지

문경새재 터널 앞에서
새재 옛길로 돌아선다든지

이것은 추억이 아니다

옛길이 어느덧 첨단이다
보아라, 이제 이 길이 먼 내일의 길이다
나는 어느 뒷날의 전위이다

돌담길 기대
홀로 오래도록 사람을 보내는 이

이것은 눈물이 아니다.

---

* 나훈아가 부른 〈물레방아 도는데〉에서.

철없는 너 때문에 미쳐*

토요일 아침 오이도행 4호선
안산까지 긴 시간 타고 가는 전철 안에서
신문도 논문도 읽기 지루할 때
옆 사람들 이야기에 귀 기울여 가만 끼어든다

어느 은행 지점의 직원 같은데, 젊은 남자와 여자
무슨 관계일까

……개망신 시켜야 돼 (뜨악)
남의 속에 불을 지르고……
너 애기 했어 안 했어
너 들었어 안 들었어
……시치미 떼드래, 확 도니까……
자백하드래
앞에 나가서 개망신시켜야 돼
……죗값 받는 거야, 그런데 몰라……

남자는 묵묵히 고개만 끄덕이고

여자는 연극배우처럼 오버액션이 더해만 가는데

……과천? 과천 다음이 인덕원 아냐?

정거장의 앞뒤도 가리지 못할 만큼
이야기는 앞뒤 가리기 어려웠다
사는 일이 다 그런 거지 뭐

인덕원 역에서 내리자 남자의 팔짱을 끼는 여자.

• 티아라가 부른 〈너 때문에 미쳐〉에서.

흐미한 등불 밑에*

살아가는 일의 곡절이 있어
때로 잠 못 이루는 밤과
때로 느꺼이 잠드는 밤이 번갈아 찾아왔었다

자주는 오지 마라, 곡절이여

깊이 사랑하지 못한 세상과 사람
미안하단 말일랑 하지 말라고
고맙지 않느냐고 가슴 펼 일 좀 하라고
떠난 사람은 내 귓가에 그렇게 남아 있다

산새가 털고 간 나뭇가지 끝에서 눈이 날린다

---

* 황금심이 부른 〈외로운 가로등〉에서.

죄 많은 밤비*

저 산 넘어 뚜벅뚜벅 전봇대가 걸어간다

서꺼리재 징광 할머니는 송광사 벌교포교당 오는 날
하얀 모시옷 어린 마음이 이적지 부시다

모시처럼 흰 머리카락 뚜벅뚜벅 박히는데
성읍 마을에 민박을 들어
툇마루 한 귀퉁이 오래도록 앉아
질긴 장마 끝의 밤비도 마음이 부시다

가로등 비추는 초가지붕 위에 버섯이 피어 있다.

---

* 배호가 부른 〈죄 많은 밤비〉에서.

못 믿을 세월 속에*

섣달 늦은 밤, 눈이 내리고 가로등 비추는 길
새하얀 눈 위에 담뱃재
바둑이와 같이 간
어느 남자가 아니 어느 여자가
무슨 결심을 하던 중이었을까

아무 일 없이 해가 바뀌더니 강이 얼었다
유람선이 멈췄다
물길 오십 리
얼음을 따라 강변도로가
저도 얼어 눈물 보이는 아침

잡혀간 친구…… 이런 말 입에 올릴 일 더 없으리라
믿었는데
그 집 통장에 돈 넣을 일 더 없으리라 믿었는데

눈이 녹을 때
강이 풀릴 때

청청한 새벽이 올 때까지…… 이런 옛 맹세가 속절없다.

• 최숙자가 부른 〈영산강 처녀〉에서.

낙엽이 지기 전에 구월은 가고[*]

광화문 네거리 저물 무렵
급작스런 경적이 요란하다
경적만큼 요란하게 안테나를 꼽은 무슨 구조대 차량이
다른 차 한 대를 급정거시킨다

거기서 왜 끼어들어! 죽고 싶어 환장했어?
……
야, 이년아! 운전이나 똑바로 해!
……

광화문 네거리
차를 세우고 뛰쳐나와 고함지르는 사내가 참 장하게
생겼다

내 또래 여자는 운전석에 웅크리고
사내의 서슬에도 더위잡으며 뭐라 한마디했던가
……들리지 않았으나

> 틀림없이 그냥 넘어가지는 않았겠지

그것도 장해 보이는
바람이 쌀랑, 귓가를 스치자면 나는 다리에 힘이 풀리는
가을 저녁.

• 테원이 부른 〈가을의 연인〉에서.

백마는 가자 울고[*]

지영이도 나이 들어 보이는군

혼자 그런 생각을 하고 있자니
그녀와 동문수학하던 시절이 어제이런가 싶고

자네 머리에도 저승사자가 찾아왔구먼

인석 형이
흰 머리칼 가리키며
내 생각 속에 들어와 있기라도 하는 양 한마디

아홉시에 일어나자고
한동네 사는 효환에게 가방까지 맡기더니만
인석 형, 술 힘이 돌았는지
나는 엘리베이터 앞에서 기다리는데
효환 혼자 나와 급히 오른다

자기가 먼저 가자 해놓고…….

＞

주막이 멀어 거친 세상
주막 한 귀퉁이 차지했으니 어련하실까.

• 명국환이 부른 〈백마야 우지 마라〉에서.

눈물이 진주라면[*]

토요일 저녁, 남편을 여읜 후배에게 문상 가는 길
암 병동에 먼저 들러 선배의 부인을 문병하려 했다

비가 내렸다
집에서 병원까지는 한 시간 남짓

지하철에서 늦은 신문을 본다
옛 대통령이 불려가고, 풍문처럼 전염병이 돌고 있다
우산 쓴 로터리 근처의 빨간 햄버거 집을 지날 때쯤
병동에서 일어난 일을 나는 모른다

안녕하지 않은 것과 불편하지 않은 것
엷은 비로 씻기는 엷은 기억
자정(子正) 근처, 술 취한 내게 먹여주던 우황청심환

청심환 냄새에 속이 뒤집혀 걷잡지 못했던 구토를 기
억하고 있었다

＞

오후 5시 55분, 운명……, 나는 정각 6시에 도착

5분 사이

문병이 아니라

문상으로 옷을 갈아입어야 했고…….

• 이미자가 부른 〈눈물이 진주라면〉에서.

때가 되면 이들도 사라져
— 1973년 여름 동교동

그것은 밤에 시작되었다
하늘은 오랫동안 변비에 시달린 얼굴이었다
후끈 달아오른 땅이 붉어지고
마지막 힘을 줄 때는 열도 올랐다

그러더니 밤이 오고
천둥과 함께 하늘이 갈라졌다
골목마다 과일 껍질 썩는 냄새가 폭우를 따라 흘러내
렸다

엄마 잃고 다리도 없는 가엾은 저 작은 새는……

라디오에서 희미한 노래가 이어졌다
나도 마치 엄마 없고 갈 곳 잃은 아이처럼 골목을 헤
매다가
검은 하늘이 마련한 장엄한 세례에 빠져들곤 했다

납치범은 내 성전의 한 모퉁이로 들어와

잡아간 제물을 몰래 내려놓고 갔다.

• 양희은이 부른 〈아름다운 것들〉에서.

별아, 내 가슴에*

1

대한통운 벌교지점장 아들이 그리는 그림은 우리와
차원이 달랐다
해수욕장의 비치파라솔 따위야 우리도 알았다
그는 바다 저편에 빨간 깃발을 드문드문 그려 넣었다
선생님이 우리에게 이 깃발은 무엇이냐고 물었지만
우리 가운데 아무도 아는 아이가 없었다
지점장 아들은 대수롭지 않은 듯 위험 표지판이라고
설명했다

2

벌교등기소 소장 딸이 책상에 앉아 있는 모습은 우리
와 차원이 달랐다
꼿꼿한 자세를 수업 시간 내내 한 번도 흐트러뜨리지
않았다
가끔 어머니가 찾아와 선생님을 만나고 가기도 했다
첫 월말고사를 치르고 우리 반 일등은 소장 딸이었는데
선생님은 다음 달에 전교 일등까지 하면 한턱낸다고

하였다

　우리는 환성을 질렀지만 다음 달 일등은 하필 가난한
집의 내가 되고 말았다

　3

　지점장 아들은 2학년이 되기 전에 전근 가는 아버지
를 따라 전학 갔고
　소장 딸은 3학년도 마치기 전에 떠났다
　우리들의 차원은 급격히 추락하여 더 이상 높아지지
않았다

　4

　5학년 실과 책 표지에는 5학년찌리 같은 계집애가
　한강 인도교 육중한 아치 옆을 지나가고 있었다
　내 가슴에 박힌 별들은 지금 어디에서 빛나고 있는지
말해다오
　서울살이 마흔 해
　이 다리를 지나노라면 나는 언제나 5학년

실과 책 표지 속으로 지점장 아들이 찾아오고
어느새 소장 딸의 안부를 듣는다.

4

좋겠다

저물 무렵
먼 도시의 번호판을 단 시외버스
터미널에서 빠져나간다

가는 동안 밤을 맞더라도
집으로 가는 길이라면 좋겠다

버스에 탄 사람 몇이 먼 도시의 눈빛처럼 보이는데

손님 드문 텅 빈 버스처럼 흐린 눈빛이라도
집으로 가는 길이라면 좋겠다

집에는 옛날의 숟가락이 소담하게
기다리고 있을 것이다.

시골 서점에서 시집 찾기

꿈이었다, 새벽녘
하필 거기서 그이의 시집이 필요했을까

마음에 담아둔 온갖 일이 뒤범벅되어 나타나는 꿈

시골 서점에 그의 시집이 있을 리 만무했는데
그래도 찾겠다 나섰으니 꿈이어서 그랬나 무지해서
그랬나
흘러간 세월만큼 어리석어지는 마음이여
잊었다고 잊지 않고
잊지 않겠다고 생각나는

얼마나 더 많은 세월이
얼마나 더 많은 무지가
이 꿈을 깰 것인가, 시골 서점에서 그이의 시집을 찾
으며

>

있을 리 없는 그래서 있는 무슨 물건이 내 마음에 들
어와 있었다

달과 구름

저물 무렵
구름이 화장을 한다
하얀 얼굴이 붉게 물든다

달과 만날 약속이라도 한 게지

저물 무렵
아이들은 하나둘씩 집으로 돌아가는데
밤이 깊어지면 창가로 불러내
달과 함께
뽀얀 얼굴 보여주고 싶은 게지

잠들 때까지 그냥 쳐다보며

한밤중 저들끼리 속삭이는 소리가
이슬 되어 내리는 세상.

할머니와 손녀와 열무김치와

다섯 평짜리 주말농장
아이들 체험학습 시킨다고 빌렸는데
어쩌다 따라나선 어머니 눈물 나신다

얼마만일까, 헤어진 오랜 친구를 만난 듯

열무는 늙은 어머니의 손에서 논다
잘도 어울린다

땅보다 책상과 가깝게 지내도록 한 어머니의 슬픈 소원
나는 먼 산만 바라보는데

딸아이가 냉큼 할머니 곁에 앉더니 다듬기를 배운다
할머니의 입이 벌어진다
말리지도 않는다

찬비

느티나무가 아직은 밝다
용케 제 잎을 거느리고 있다
찬비가 떨어지기 시작한 아침이 조금은
마음 쓰인다
비야 스며들어
내 가슴에 이르러다오
잎을 다 내주고도
이 계절을 견뎌 축축하겠다

비와 더불어 바람이 불어오겠다.

맑은 날

오늘은 멀리 후지산(富士山)이 보일 듯하다
여기서 100킬로미터 떨어진 곳
통근전차(通勤電車)는 무사시노(武藏野) 벌판을 달린다
옛 고구려 무사가 말을 타고 흙먼지 날리던 곳이라 한다
사람이 사는 집들의 지붕을 내려다보며
신주쿠(新宿)에 이르면 마천루 가득한 도심이다.

눈 오는 날의 기숙사

눈이 온다기에 기다렸지요

늦은 전차가 역을 벗어나고
로터리 정류장에서는 반딧불 같은 택시 몇 대가
늦은 손님을 태우는데

눈은 소식 없고 혼자인 방에 술병만 쌓이고

밤새 아주 몰래 눈이 온 어떤 날은
전차 역의 불도 꺼진 다음
택시도 보이지 않은 다음
그렇게 기다려도 가문 하늘이 좀체 문을 열지 않을 듯
했는데

눈 비비고 일어나
배신처럼 눈 같은 시이 씻인 눈과 아직 내리는 눈을
보며
머릿속에 출렁이는 술잔을 함께 기울이자

창 너머 언덕배기는 서늘하게 분장한 얼굴이 되어
연지 찍듯 동백꽃잎과 어울려 있었지요.

이미연

담 너머 작은 정원에 목백일홍이나 장미 아니면 달리
아가 피어 있는 집이었던가

단층 양옥의, 벽은 붉은 벽돌이 감싸고 있어서, 해 저
물 때면 한결 고와지는 집이었던가

현숙해 보이는 부인이 때로 마당을 둘러보고 목백일
홍이나 장미

아니면 달리아가 그의 힘에 의해 피기라도 하는 것 같
은 집이었던가

현숙한 부인이 더러 그를 닮은 딸과 외출하는 문밖에서
우연히 마주친 계절을 몇 번이나 돌아들었는지 몰라도

나에게는 현숙한 부인 같은 그의 딸이 오래도록 머릿
속에 남는 것이었다.

나무들의 체조

바람 부는 오후
나무들의 체육시간이 시작된다

바람은 나무들의 체육 선생

날마다 새로운 맨손체조를 가르친다

우두커니 서 있다 팔을 휘두르고
신나게 머리를 흔드는
큰 나무 작은 나무는 선생에게 배운 대로
팔뚝에도 근육을 키운다

바람 부는 날이면
바람아, 내게도 체육 선생이 되어다오

종아리까지 굵어져 뚜벅뚜벅 바람 속을 걷겠다.

할머이 列傳

삼척 할무이는 짐도 잘 매고 밥도 해 먹고
내가 없이면 못 할 일 없이 다 잘하드라고
참 좋던데, 딸네 집에 갔다 온다 한 게 다신 안 와요

여느 할무이는 제천 갔다 오다 만냈어요
아무 갈 데도 없다 하이
그럼 우리 집에 갑시다 해서 그래서 데려오고

여느 할무이는 고기장사 댕기는 할무인데
아주 못됐더라고요
내가 없이면 지 장사하는 데 곡슥 갖다 퍼놓고
막 신도 다 떨어지면 내빌고 내 신을 신고 댕기고

워래골에 사는 김씨 할머이
또래 할머이 데려다 산 이야기 듣다가
옛날 우리 할머이
주먹만 하게 오그라든 몸 마지막 숨 거두시어 안방 병
풍 뒤에 모시던 일

왜 생각나는가 몰라
왜 눈물 나는가 몰라

숨은 시인

별이 내리던 그 밤도 그랬다
그렇게 가고 싶어서
그렇게 잠들고 싶지 않아서
별이 아니라 바람을 세었다

부질없음의 부질없음

바람은 친구가 될 수 없다고
흔들리는 나무가 말했다

가는 재수를 손에 쥐구
오는 재수를 후여 들여

어린 무당의 문서 외우는 소리가 가느로웠다

먹구두 남구 쓰구 남구
흐르구 넘치게 생겨주마

별이 내리던 그 밤이었다
바람을 세며 새운 봄밤이 있었다.

나의 생은 과연 가치 있는 그 무엇일까

더러 나를 좋아하는 사람이 있다
나는 나에게 묻는다
나를 좋아할 무슨 근거라도 있을까
속 보이는
어쩌다 나를 좋아하는 사람을 떼놓을
내 영혼의 음모
스무 살도 아니고 서른 살도 아닌
내가 서 있는 연대(年代)의 두려움은
참말로 아심찬헌 일.

몽상과 그리움의 지속

강창민 · 시인

우리는 객관 세계에서 사는 게 아니다. 우리가 세계라고 부르는 저 시공도 허상이라 한다. 모든 것들이 자신의 마음에서 나온 환상의 산물이며, 그것이 거대한 허공 거울에 비추어진 것이라고 한다. 객관 세계가 분명히 존재한다는 '물리학적 정설'(?)을 따른다고 해도 우리는 각자가 그 객관 세계를 주관화한 자기만의 세계에서 사는 것만은 분명하다

그렇다. 우리가 만든 그 세계에는 우리들이 초대한 '그리움의 대상'이나 '증오의 대상'들이 거주하고 있다. 그 존재들은 칼 융이 말한 그림자 또는 아니마와 아니무스의 변형된, 생명력을 지니고 우리에게 독자적으로 말을 걸기도 하고 스스로 판단하고 행동하는 존재처럼 보이기도 한다.

그런 의미에서 시의 공간은 실재하는 세계 공간이 아니라, 확대-수축되기도 하는 개별화된 공간이다. 시인에 의해 재구성되고 재해석되는 공간이라는 의미이다. 시의 공간은 대체로 시인의 몽상(상상력)에 의해서 구성되지만, 가스통 바슐라르의 말을 빌면, 또한 그 공간을 통해 시인의 몽상이 지켜질 수 있다. 그렇다. 시인이 표상한 시적 공간은 시인의 세계 인식에 의해 구성된다. 시간도 마찬가지이다. 시의 시간은 물리적으로나 수학적으로 규정된 객관 세계의 시간이 아니라 직관적으로 파악되는 간주관적인 시간이거나 주관화된 시간이다. 시의 시간은 우리의 기억과 유사해서 의미 없는 부분은 사라지고 암시적이고 상징적인 것이 되며, 부분과 전체가 전도되기도 하고 심하게 변형되고 왜곡되기도 한다. 그러나 분명한 것은, 시인이 몽상을 그치지 않는 한 그 공간은 생명력을 지닌 채 존재하고, 그 시간 또한 활성화된, 항상 현재인 '지속의 시간'이 된다. 그러므로 시인과 우리는 이 몽상적 세계에서 행복한 사랑으로 합일되고 충만해질 수 있다. 그 몽상이 몽상적 세계에 한정되는 것이 아니라 이상 세계 형성에도 기여하게 될 것이다.

그 시공과 그 시공에 거주하는 존재들은 시인의 세계 인식을 통해, 그 시인이 지닌 영혼의 독특한 양식에 의

해 형성되어, 현실 세계보다 더 진실된 세계의 존재들
로 존재하게 된다.

고운기 시의 몽상적 시공

　그의 시에 형성된 시공은 크게 '고향' 또는 '집'과 '타
향'으로 대별된다.

고향: 몽상의 공간, '그리움'의 지속
　고운기는 지금까지 네 권의 시집을 펴냈다. 그 시집의
주요 배경이 되는 공간은 언제나 '고향'이다. 그의 고향
은 전남 보성군에 있는 '벌교'이다.

　　(…)
　　흠칫 눈가가 떨려오는 갯기 미을
　　벌교는 내가 태어난 곳이기도 히디

—「내 후배 경동이」 첫 연

　그의 시를, 그의 시집을 읽어본 사람은 그의 시에 등
장하는 몽상의 공간이 바로 벌교라는 사실을 잘 알 것
이다. 첫 시집 『밀물 드는 가을 저녁 무렵』에 '벌교' 연

작시가 나오고, 그 밖의 시집 곳곳에 그 고향인 벌교가 등장한다. 그런데도 다섯 번째 시집에서도 "내가 태어난 곳"임을 새삼스레 다시 강조하고, 그때마다 그리움으로 "눈가가 떨"린다고 한다. 얼마나 자랑스러우면, 아니 얼마나 그리우면 그렇게 자주 들먹일까?

(…)

내 가슴에 박힌 별들은 지금 어디에서 빛나고 있는지 말해다오

서울살이 마흔 해

이 다리를 지나노라면 나는 언제나 5학년

실과 책 표지 속으로 지점장 아들이 찾아오고

어느새 소장 딸의 안부를 듣는다.

—「별아, 내 가슴에」 마지막 연

그는 "눈가가 떨려오는 갯가 마을"에 아직도 살고 있으며, 벌교의 그 다리를 지나면 "언제나 5학년"으로 되돌아간다. 과거와 현재와 미래가 별개의 단위로 존재하는 것이 아니라 하나의 흐름으로 이어져 있는, 언제나 현재인 '지속의 시간'인 것이다. 그 흐름 속에 있으면 5학년생이 되고 두 딸의 아비도 된다. 그 시간은 몽상의 시간이며, 그리움 그 자체가 되는 '그리움의 지속'이다.

고향을 그리워하는 병적 증상을 '향수병', '노스탤지
어'라고 한다. 그러나 한국전쟁통에 가족을 두고 월남
한 실향민, '북한 이주민' 그리고 천만리 떨어져 있는 해
외에서 시집온 사람, 멀리 떠나 있는 이민이나 유학생
이 아니라면 예전과 같은 그 무서운 '향수병'에 걸리는
경우가 드물 것이다. 지금은 문자도 메신저도 통하고
얼마든지 전화를 걸 수도 있는 세상이기 때문이다. 몇
몇 섬 지방을 제외하면 전국 어디든 한나절이면 도착할
수 있다. 하물며 벌교라면 말해 뭣하랴.

그러나 그게 아니다. 칸트는 고향을 그리워하는 것이
장소의 문제가 아니라 고향 땅에서 보낸 어린 시절 때
문이라고 말한다. 그러므로 불가역적인 시간의 특성으
로 미루어보면 고향은 '존재론적인 불가능성'의 연장선
상에 있다고 한다.

시인이 그리워하는 것은 벌교가 아니다. 칸트가 말한
그 '귀환 불가능'한 '그 시절'일 것이다.

이종사촌 형님 유창섭 씨는 나무꾼 청년이던 때
행상 가는 우리 엄마 짐 져다주는 지게꾼이기도 하였다
　　　　　　　　　　　　　　　—「해거름 팔 부 능선」 첫 연

시인의 어머니는 가난한 살림을 꾸리려 날마다 멀리

행상을 나갔다. 그의 집은 너무 가난해서 어머니가 "밤길 잘못 디뎌 업혀"와도 제대로 치료도 받지 못하고 다시 행상을 나가야 할 정도로 곤궁했다(「북두칠성」, 『섬강 그늘』). 그도 그러한 사실을 잘 기억하고 있다. 그래도 그 시절과 그 고향이 그리운 것은, 곤궁함이 아니고, 어머니의 고달픔도 아니다. 어린 그에게 열려 있던 삶의 가능성과 따스함이, 자신의 가슴 가득 담겨 있던 사랑 또는 화평에 대한 갈구가 그리운 것이다. 그렇다면 그 고향은 지리적인 명칭이라기보다는 그 고향 땅에 자리 잡은 '장소'의 명칭인 그 '집'이었을 것이다.

집: 저녁 무렵의 귀환 또는 '그리움'

그 집은 고향의 한가운데 자리 잡고, 그 집의 안쪽에는 그리운 가족이, 가족의 중심에는 언제나 어머니가 계신 것이다. 시인은 자신을 포근히 감싸주는 그 안온함이 언제나 그리운 것이다.

다섯 평짜리 주말농장
아이들 체험학습 시킨다고 빌렸는데
어쩌다 따라나선 어머니 눈물 나신다
　　　　　　　　　　―「할머니와 손녀와 열무김치와」 첫 연

아마 지금도 그 어머니를 '집'에서 모시고 살지만 그곳은 고향집과는 변별된다. 이미 두 딸의 아버지이며 한 여자의 지아비가 되어 있지만, 그의 그리움의 대상은 어린 시절, 귀환 불가능한 그 시절의 고향집일 것이다. 어머니조차 그 고향집을, 귀환 불가능한 과거를 그리워한다. 그러나 어머니는, 우리는 대체로 그리워할 뿐 귀환은 이미 포기했다. 시인은 그렇지 않다. 몽상함으로써 그 집에 대한 귀환을 포기하지 않고, 떠올리기만 해도 이미 그곳에 가 있다.

저물 무렵
먼 도시의 번호판을 단 시외버스
터미널에서 빠져 나간다

가는 동안 밤을 맞더라도
집으로 가는 길이었으면 좋겠다

버스에 탄 사람 몇이 먼 도시의 눈빛처럼 보이는데

손님 드문 텅 빈 버스처럼 흐린 눈빛이라도
집으로 가는 길이라면 좋겠다

집에는 옛날의 숟가락이 소담하게

기다리고 있을 것이다.

―「좋겠다」 전문

그의 몽상을 자극하는 시각은 대체로 '저녁 무렵'이
다. 이 시간은 새들도 제 둥지를 찾아가고, 뿔뿔이 헤어
졌던 가족들이 집으로 돌아오는 '귀환의 시간'이다. 그
의 시에 등장하는 시각이 저녁 무렵인 경우가 드물지
않다.

돌아올 가족이 없는, 외톨이로 사는 사람은 이 시각이
가장 절망적이고 서럽다. 그러나 그는 그렇지 않다. 그
의 몽상 속에서는 어머니께서 빈 함지박을 허리에 끼고
집으로 귀환하는 포근하고 행복한 시각이다.

바슐라르는 고향 또는 집을 시공의 의미가 아니라 몽
상적 차원으로 파악한다. 그리하여 고향 또는 집이 우
리의 몽상을 지켜줄 수 있는 것으로, 이것이 우리의 삶
을 지배하여 이끌어갈 수 있는 것으로, 그 본질적 차원
에 우리의 삶이 맞닿아 있는 것으로 보았다. 칸트가 귀
환 불가능한, 잃어버린 시공으로 본 것과는 차이가 있
다. 바슐라르는 우리들이 몸담았던 모든 집들의 추억을
통해, 우리들이 살아보기를 열망했던 모든 집들 너머
로, 그 집들의 내밀하고 구체적인 본질을 통해 우리의

삶이 화합하고 윤택해질 수 있다고 보았다.

우리 모두 그러리라. 고운기처럼 고향의 그 집, 비록 곤궁했지만 젊은 어머니가 계셨던, 그 '여성성의 활력'이 가득했던, 모성이 온전히 우리를 감싸주던 그 '집'을 그리워하리라. 어린 시절에 우리가 처음 살았던 집은 우리에게 주어진 '최초의 세계'이기 때문에 어른이 되고 난 뒤에도 그 집을 잊지 못하고 끊임없이 찾아 헤매게 된다. 비록 구체적으로 인식하지 못한다고 해도 우리의 무의식 깊숙이, 아니 영혼 깊숙이 자리 잡은 그 집을 찾아다닐 것이다. 그러므로 그도 그 집을 찾아 헤맸다.

그렇다. 그도, 우리도 모두 타향을 헤맨다.

왜? 몽상의 진정한 의미를 모른다면 '귀환 불가능한 곳으로 귀환하려는 방황'을 계속할 수밖에 없다.

타향: 고독한 방황 또는 나그네의 몽상

시인은 과거에 존재했지만 지금은 존재하지 않는 고향 또는 집을 찾아 헤맨다. 첫 번째 시집에 실린 여작시 '왕십리'에서부터 출발하여 오랫동안 낯선 곳을 헤맸다. 그 방황은 고향과 점점 더 멀어지게 하고 이국 일본까지 가게 한다.

어스름 저녁 무렵, 유자와(湯澤) 역에 내린 시마무라는 택시를 불렀었다.

　나는 택시 잡을 생각도 못하고 쏟아지는 눈만 바라본다.
어떤 차가 택시인지, 승용차마다 지붕이 온통 눈으로 쌓여
알아볼 수 없다.

　역 앞 우동 집에서 새 나오는 불빛이 다정스럽다.

　가로등은 눈에 가려 흐린 빛마저 빼앗기고, 눈에 막힌 핑
계로 잠시 걸음을 멈춰, 우동 한 그릇 말아달라 한다.

　우동 국물의 김에 서린 내 안경이 뽀얘졌다.

　안경을 벗어 알 하나에 한 글자씩 설(雪) 국(國)이라 쓴다.

　눈을 못 이긴 나뭇가지가 찢어져

　쩍, 쩍 그렇게 소리 내는 골짜기가 마을을 감싸고 있다 한다.

　여관의 온천탕에 들어 언 몸 녹인다. 통유리로 멀리 마을
의 불빛이 내려다보이고, 하늘 가득 마을 향해 눈이 내린다.

　아침이면 흰 눈 덮어 쓴 산들이 인사하러 올 것이다.

―「雪國에서」 전문

　그의 시적 한 특질을 잘 드러내주는 아름다운 시다.

　여기서 말하는 시의 특질은 수사적인 측면을 뜻한다.
그의 시는 자주 지나칠 정도로 설명적이다가도 때로는
기본적인 정보조차 차단해버린다. 독자는 그 당혹함을
통해 그 시를 반복해서 읽게 된다. 이는 미카엘 리파떼
르가 말하는 '소급적 독서(retroactive reading)' 행위로

진전되어 시에 숨겨져 있는 핵심(matrix)에 더 접근하게 한다.

이 시에 표상되는 시인의 여정이 참 아름답다. 그 여정은 '집'을 찾아 떠도는 방황처럼 보인다. 이 시의 배경이 되는 겨울과, 그 공간에 내리는 눈은 집의 따스함을 극대화시킨다. 바깥이 춥기 때문에 집은 더 따뜻하고, 겨울로부터 집은 저장된 내밀함과 정묘한 내밀함을 얻는다. 떠돌며 그가 만나는 집을 통해 그의 시를 읽는 우리는 우리가 잃어버린 집들이 우리들 내부에 존재하고 있는 것을 실감한다. 시인은 그 집(여관)에서 따뜻한 온천에 몸을 담근다. 그 따스함은 옛집의 따스함과 유사하다. 이 따스함이 그를 몽상으로 이끌고 이를 통해 그는 '집'으로 돌아간다. 그리하여 이국의 공간은 집의 공간을 향해 열리면서 집은 우리의 몽상을 지켜주고, 집은 우리들로 하여금 평화롭게 꿈꾸게 해준다. 집이 없었다면 우리는 산산이 흩어져버렸을 것이다.

아침이 되면 새들이 '인사하러' 올 것이다. 그는 이미 '집'에 와 있으므로.

고향 떠나 멀리 나간 사람까지 돌아와, 해변을 거느린 정토에서 불어오는 바람을 맞았다.

미야코의 밤이었다.

어떤 인연인지, 이 작은 해변 마을은 오래도록 마음에 담겼었다.

진도 9로 격발된 태평양 바닷물이 아수라처럼 마을을 덮쳤다 한다.

―「미야코」 부분

이 세상의 아름다운 것들이 그렇게 스러지듯이 고향과 닮은 그 마을도, 모든 가족들과 이웃들이 다 돌아온 미야코도 쓰나미에 휩쓸려버린다. 비록 그곳이 귀환 불가능한 곳으로 바뀌고 말지만 그의 시에는, 마음에는 생생하게 담겨 있다. 그렇다. 살아짐과 살아지지 않음 사이에서 서성거리는 우리 방황의 이유를 여기서 찾아볼 수 있다.

고운기 시의 몽상적 존재

고향과 집으로 표상되는, 또는 타향으로 표상되는 그곳에 거주하는 존재들은 그의 영혼의 내밀한 곳에 안겨 있는 소중한 존재들이다. 그리운 존재로, 슬픈 존재로 아름답게 거주한다. 그가 몽상을 그치지 않는 한 그들은 그곳에서 그렇게 함께 산다.

시인의 몽상 속에 살고 있는 여자들은 참 많다.

앞에서 살펴보았듯이, 그 대표적 존재는 어머니이다. 물론 우리 모두에게 어머니가 포괄하고 있는 몽상의 지평은 크고도 넓다. 우리에게 (특히 남자에게) 어머니는 모든 여성성의 원형이라고 볼 수 있다. 그러므로 고운기의 시 세계에 등장하는 여성성 또는 여성상은 어머니의 변형된 시적 모티프라고 볼 수 있다.

그가 살면서 마음을 넌지시 주었거나, 그의 감성에 애련의 상흔을 남긴 그런 여자들도 많았을 것이다. 그 인연들을 살아가면서 다시 만나고 그 연을 풀거나 다시 모질게 맺었을 것이다. 우리 모두의 가슴을 후비고 지나간 그런 인연의 칼끝의 아픔은 오래 가슴에 남아 있다. 그러나 시인의 몽상 속에서는 악연은 사랑과 용서로, 선연은 더 아름다운 동거로 화해로운 세계를 이룬다. 그런데 ‘화해로운 동거’라고 해서 모두 행복한 결말을 이루는 것이 아니다. 그 동거 중에는 생각만 해도 가슴이 아리고 눈시울이 붉어지는 경우도 있을 것이다. “다섯 해만에 남편 앞세우더니 (…) 갓 마흔에 덜컥 병걸려 애들 아빠 뒤”를 따라간 누이(「사람의 일」, 『자전거타고 노래 부르기』)가 그런 경우이다.

여자: 어머니 또는 여성성에 대한 '그리움'

이 시집의 2부 10편의 시가 모두 그의 마음의 속살을 건드린 여자들에 대한 시퀀스다. 정확하게 말하면 다섯 여자들과의 만남과 만남 그 이후에 대한 것들이다. 물론 살아가면서 만난 여자들이 어찌 다섯뿐이겠느냐만.

연말이었고

늦은 밤이었고

눈이 내렸고

그냥 가만 함께 걷던 여고 2학년 K

을지로였고…….

—「여자 K」 마지막 두 연

……집에서 치른 그이 아버지의 장례식

나는 사흘 동안 보일러의 연탄 가는 일을 맡았었다

한겨울 사흘 동안

단 한 번 탄불 꺼트리지 않았었다

한 생애 이 일 맡아 했어도 좋았을 것을

아버지 장례 마친 그날도 그냥 조용히 웃고

말 한마디 없더니……

　나는 희미한 미소만 기억할 뿐 오래 헤어졌다 겨우 만나는
영안실 사진 속의 여자 K.

—「다시 여자 K」 마지막 네 연

　처음 만났을 적에 K는 여고생이었지만, 그도 '골뱅이
안주'도 모르고 오장동에 냉면집이 있다는 것도 모르는
'고딩'이었다. 눈이 내리는 그 연말 밤에 그냥 말없이,
하염없이 걷기만 했다. 그 K가 암에 걸려 결혼도 하지
않은 채 쉰한 살로 세상을 하직했다. 그는 K의 장례식
장에 걸린 사진 속에서 그를 다시 만난다.
　그의 시에는 여자 K처럼 "암 같은 큰 병에 걸려 사경
을" 헤매기도 하는 클라리넷 연주자(「클리넷 연주자의 근
황」)도 등장하고, "남편 여읜 후배 문상 가는 길에" 암으
로 죽은 서배 부인이(「눈물이 진주라면」) 나오기도 한다.

　장수에서 임실로 넘어가는 고갯길에서 만난 비는 안개를
앞세우고 왔다. 소식이 있기는 있는 거였다.

　암에 걸려 투병하는 동안
　그는 동네 야트막한 산에서 운동을 했다.

성한 나보다 먼저 걸었는데

몇 년은 버틸 것 같았는데

몇 달도 못 넘기고 눈을 감았다.

안개 자욱한 남쪽 마을 고갯길에서

어찌 그이 생각이 나나.

고개 넘어 비 개면

괭이꽃 눈동자가 기다리고 있을 것 같은데

꽃 잡고 길을 물어

물에 비치는 항구 찾아 잘 쉬고 있나.

—「다시 여자 J」전문

그의 애잔한 그리움이 잘 형상화된 눈부신 슬픔의 시다. 종전에 나온 그의 시집들에도 죽은 이에 관한 시가 많다. 그 죽음의 뒤에 깔려 있는 것이 바로 가슴 서늘한 '그리움'이다. 그리하여 그의 시에 나오는 그러한 '그리움'은 우리들의 마음의 캔버스에 파스텔처럼 번지기 시작하여 오랜 수채화처럼 옅어지다가 저녁 무렵 서쪽 하늘에 걸리는 노을처럼 스러진다. 그의 그리움은 멀리서 들리는, 끊어질 듯 바람결에 흔들리는 단소 소리처럼 애틋하다.

‘그리움’의 사전적 의미는 ‘보고 싶어 애타는 마음’이다. ‘그리움’에 온몸을 불태워본 사람은 알 것이다. 세상의 아름다움도 눈에 들어오지 않고, 맛좋은 음식이나 귀한 물질도 눈에 차지 않는다. 선불 맞은 멧돼지처럼, 불구슬을 겨드랑이에 넣고 있는 것처럼 눕지도 앉지도 뛰지도 못할 지경에 이른다. 그러나 그의 시에는 그런 격렬한 그리움은 없다. 밀물 같고 썰물 같은 그리움, 그 바다 위를 떠도는 한 마리 물새 같은 애잔함, 노을도 사라지고 어둠이 서서히 들어서는 가슴을 쓰리게 훑는 시린 외로움만 있다.

왜 그의 그리움은 외로움과 닮았을까? 슬픔의 잔잔한 강물이 에감아 돌고 있을까?

아마도 그것은 그 그리움의 대상의 ‘죽음’ 때문일 것 같다. 몽상의 세계 속에서 늘 함께할 수 있다고 해도, 아직은 현실 세계의 따스한 체온이 더 실감 나기 때문이 아닐까? 누가 아내를 떠나보내고도 아내와 함께 몽상의 집을 지어 늘 함께 산다고 해도, 아마 그런 사람도 때로는 간절하게 그 아내를 오감으로 느끼고 싶어 하는 것과 같다. 그래, 사람이니까!

여자 A, P, Y로 표상되는 여자들도 그렇게 보냈다. 그러나 영영 보낸 것이 아니라 그 그리움 때문에 그가 여는 몽상의 세계를 통해 다시 만난다.

배경음악: '흘러가지 않은' 유행가 그리고 '그리움'

영화와 인생이 다른 점이 있다면 그중 하나가 바로 배경음악의 유무이다. 우리 인생에서 들리는 소리는 자연의 음향을 제외하면 대부분이 소음이다. 그러나 영화는 대체로 그 이야기의 흐름에 맞게 의도되고 정제된 음악이 깔린다. 그리하여 영화의 흐름이 감동 깊게 전개된다.

바람 때문만은 아니다
파도가 저리 거세게 치는 것은
바람 하나에 일어났을 리 없다

(⋯)

파도가 오는 까닭을 알기 전에는

바람 부는 해변을 떠나지 않을란다
지울 수 없는 내 속의 이야기에
좀 속상해 하기도 하면서.

—「그렇게도 그리운 정」 부분

3부 18편의 시 속에는 '흘러간' 유행가들이 '흘러가지 않은 채'로 생생하게 시의 배경음악이 된다. 배경음악은 시적 상황을 심화시켜 슬픔을 더 슬픔답게, 그리움을 더 그리움답게, 울음을 더 생생한 울음으로 확장시킨다.

이 시의 배경음악은 배호의 〈파도〉이다. 배호는 부딪쳐서 사라지는 파도를 처절하게 절규하듯 노래한다. 그러한 처절함이 시인의 그리움의 색조로 전이된다. 파도가 저리 거칠게 몸부림치는 것은 바람 하나 때문이 아니듯이, 시인의 가슴 속에 지울 수 없는 그리움도 설익은 감상 때문이 아님을 분명히 알고 있다. 그 파도가 치는 까닭을 알기 전에는 해변을 떠나지 않겠다 하듯이, 그 그리움의 원천을 알기 전까지는 그는 몽상을 그치지 않을 것이다. 그러나 그가 그 이유를 모르는 것이 아닐 것이다. 그리움이나 사랑이 언제나 처절한 아름다움으로 우리에게 다가와서 언제나 우리 곁에 남아 있음을 안다.

밀물은 얼마나 많이
들어오고 나갔던가

그래도 또 무슨 그리움을 만들어줄 것처럼 이 저녁 새물이
들고 있다.

—「새물이 들 때마다」 마지막 두 연

시인은 떠나간 사람도, 돌아간 사람도 그리운 그 '저물 무렵' 오랜 찻집에 혼자 앉아 몽상한다. 그것은 새물이 들 때마다 가슴이 설레는 것과 유사하다. 수없이 되풀이되는 밀물과 그 썰물의 순환마저도 "그리움을 만들어줄 것" 같은 기대를 하게 한다. 그 기대가 바로 몽상이다. 몽상하지 않는 자는 꿈꾸지 않는다.

이 시의 배경음악은 이숙희의 〈부산 부르스〉이다.

물론 배경음악이 시의 정서를 심화시키는 기능을 하기는 해도 음수율이나 자수율 또는 부곡(附曲)처럼, 현대시가 결별하고자 했던 음악성과는 차이가 있다.

이 경우는 일종의 패러디로 유행가의 감상성을 시적 서정으로 환기시키는 구실을 한다. 이를테면 눈으로 펑펑 울어대는 눈물이 아니라 잔잔하면서도 마음 깊숙이 젖어들게 하는 찬란한 슬픔으로의 승화이다. 그러므로 설사 그 유행가를 몰라도 이 시들을 읽는 데 큰 문제가 없다. 패러디의 속성이 성(聖)을 속화(俗化)시키는 성향이 있지만, 그의 경우에는 오히려 속(俗)을 성화(聖化)시키는 역할을 한다. 달리 말하면, '흘러간' 값싼(?) 유행가를 '흘러가지 않은' 시의 배경으로 승화시킨다는 의미이다.

이 배경음악에 동원되는 가수로는 남인수, 황금심, 백설희, 이규남, 이미자, 위키 리, 양희은, 나훈아, 명국환,

이숙희, 태원, 최숙자, 오세은, 티아라 같은 이들이다. 그중에 배호의 노래는 두 번이나 등장한다. 우리 모두의 가슴을 적셔주었던 그 유행가 가수들이 그의 시의 배경이 되어, 우리의 그리움을 환기시킨다.

그렇다. 그의 시 세계의 핵심어가 '그리움'임을, 그의 영혼의 밑바닥에 도사리고 있는 것이 '그리움'임을 그는 아름다운 시어로 펼쳐 보여준다. '그리움'이 생존의 가장 아름다운 자산임을, '그리움'이 몽상의 본질임을 우리에게 일깨워준다.

고운기가 몽상을 통해 그리움을 승화시키지 않았다면, 그가 시로 미처 풀어내지 못한 그 그리움을 자주 술판에서 '아름답고도 처절한'(?) 유행가로 불러재끼지 않았다면, 그는 그 큰 그리움을 주체하지 못했을 것이다.

문예중앙시선 022

구름의 이동속도

초판 1쇄 발행 | 2012년 10월 30일

지은이 | 고운기
발행인 | 김우석
제작총괄 | 손장환
편집장 | 원미선
책임편집 | 박민주
마케팅 | 공태훈, 김동현, 신영병

디자인 | 오필민디자인
인쇄 | 영신사

발행처 | 중앙북스(주)
등록 | 2007년 2월 13일 (제2-4561호)
주소 | (100-732) 서울시 중구 순화동 2-6번지
전화 | 1588-0905
홈페이지 | www.joongangbooks.co.kr

ISBN 978-89-278-0386-7 03810